청소년소설

# 풍금소리

글·그림 이선미

에코미디어

# 풍금소리

지은이 이선미

2010년 《시와사람》으로 등단한 시인은
조선대학교 법학과,
〈대한일보〉 사장을 역임하였다.
수상으로는 전국계간지우수작품상을 받았다.
시집 『아버지, 거기 계셨군요』
『칼질하는 여자』『지독한 사랑』이 있으며
에세이집 『참말과 거짓말』『위로받는 세상을 꿈꾸며』『향기로운 고통』,
동화집 『아버지의 그림자』『바보 소년 바위의 모험』
청소년소설 『풍금소리』가 있다.

# 풍금소리

글·그림 이선미

에코미디어

■책을 펴내며

# 새벽 우물에서 마시는 물처럼

2019년, 내게는 특별한 해이다. 오랫동안 감춰왔던 그림을 그리고 시인임에도 불구하고 2권의 동화에 그림들을 넣어 책으로 펴내었기 때문이다. 거기다가 청소년소설이라는 것도 썼으니 혹자는 '시나 열심히 쓰라'고 할지 모르겠다. 그럼에도 마음 속 깊은 곳에서 끓는 기운을 어찌하지 못하고 일을 저지르고 말았다.

이번에 펴낸 청소년소설은 내 가슴 깊은 곳에 있었던 순애보적인 이야기이다. 청순하고 아름다운 소년 소녀의 애틋함을 '사랑'이라고 하면 죄를 짓는 것 같아 사랑이야기라고 하지 않겠다.

오늘날 사랑마저도 일회용 소모품처럼 인식하며 살아가는 시대에 너무 고리타분한 이야기일 수도 있지만, 인

간의 본성이 아름답고 따스하다는 것을 말하고 싶었다. 평생에 단 한 번이라도 그러한 사랑을 하고 싶었다. 그러한 나의 열정을 '청소년소설'이라는 이름으로 짧은 소설 한 편을 씀으로 해서 대리만족하는 심정이다.

오늘날, 이 세상은 너무나 자본화되어 사랑마저도 커피 한 잔 마시듯 소비하는 시대에 나의 『풍금소리』가 새벽녘 교회나 절간에서 들려오는 종소리처럼 깊은 울림이 있었으면 좋겠다. 마치 첫 세례를 받은 것처럼 착해졌으면 좋겠다.

시인으로서의 외도를 용서해주시기 바라며 앞으로 좋은 시인이 되고, 그 시처럼 살아가는 사람이 되기를 소망한다.

많이 미흡한 나의 『풍금소리』를 새벽 우물에서 마시는 청량감을 느꼈으면 한다.

이 책이 나오기까지 여러분의 수고가 있었다. 그 분들께 감사의 말씀을 올린다.

2019년

저자 이선미

# 풍금소리

2019년 10월 1일 인쇄
2019년 10월 10일 발행

지은이 | 이 선 미
펴낸이 | 정 찬 애
발행처 | 도서출판 에코미디어
등 록 | 제359-2010-000001호
등록일 | 2010년 1월 26일
주 소 | 광주시 동구 양림로119번길 21-1(학동)
전 화 | (062)224-5319
E-mail | jcapoet@hanmail.net
디자인 | 박지원
출력인쇄 | 한국소문사
제 책 | 보경문화사

ISBN 978-89-97482-27-6 03810

값 10,000원



이 도서의 국립중앙도서관 출판예정도서목록(CIP)은 서지정보유통지원시스템 홈페이지(http://seoji.nl.go.kr)와 국가자료종합목록 구축시스템(http://kolis-net.nl.go.kr)에서 이용하실 수 있습니다.
(CIP제어번호 : CIP2019037186)

공급처 ■ 한국출판협동조합

경기도 파주시 탄현면 오금로 30
주문전화 (02)716-5616, 070-7119-1740

# 풍금소리

밤이 되자 사방이 어둠으로 휩싸였다. 방파제 끝에 있는 등대에 불이 켜지고 철썩거리는 파도소리만 정적을 깨고 있었다. 그날따라 바다안개가 등대의 불빛을 희미하게 감싸고 있었다.

그때 어디선가 풍금소리가 들려왔다. 아주 가까운 곳이었다.

"어디서 들려오는 풍금소리지?"

소년은 궁금해 집밖으로 나왔다. 풍금소리는 계속 들려왔다. 바닷바람이 훅 불어왔다.

"어라, 옆집에서 웬 풍금소리람? 빈 집인데……."

옆집은 육지로 이사간 지 두 해가 되어 아무도 살지 않았다.

"별 일이야. 옆집에 불이 켜 있잖아. 누가 이사 왔나?"

그러고보니 낮에 여객선에서 사람들이 내릴 때 커

다란 짐을 든 낯선 사람들이 보이기는 했으나 가끔 관광객들이 다녀가는 터에 큰 관심을 갖지 않았는데 혹시 그 일행이 옆집에 이사 왔는지도 모른다.

풍금소리와 파도소리, 그리고 짙은 해무가 낀 섬은 묘한 분위기를 만들어냈다.

소년은 몸의 세포들을 모조리 열어 파도소리 보다도 풍금소리를 걸러내어 들었다. 소년으로서는 단 한 번도 들어보지 못한 클레식한 것들이었기 때문이다. 그런데도 이상하게 풍금소리에 깊숙이 빠져들었다.

밤늦도록 풍금소리가 들리더니 어느샌가 멈췄다. 그리고 집안의 불빛도 꺼졌다.

다음 날 아침이 되자 소년은 간밤에 들었던 풍금소리의 주인공이 누구인지 궁금해 울타리 너머의 옆집을 바라보았다.

그때 고양이 한 마리가 옆집 마당에 나타났다. 마

을에는 고양이를 키우는 집도 없고 들고양이도 없는 터인데, 그럼 저 고양이도 누군가와 함께 이 섬마을에 들어왔다는 뜻이다. 고양이는 회색빛을 띠고 있었다. 한참을 노려보더니 집안으로 들어가 버렸다.

섬마을은 한때 번성했으나 언제부턴가 사람들이 떠나갔다. 아이들도 마을에 초등학교 밖에 없어 중학교 진학이 어렵고, 예전처럼 물고기가 잘 잡히지 않아 살기가 힘들어진 까닭이다. 조만간 서너 집도 이사 갈 모양이다. 이제 열두 집만 남아있을 뿐이다. 그러므로 마을에 아이들이 별로 없다. 학교에는 전교생이 한 반밖에 없다. 5,6학년 1명씩, 4학년 2명, 1,2,3학년이 겨우 한 명씩이어서 모두 7명 뿐이다.

소년은 학교에 가려고 준비하던 참이었다. 6학년이었다. 그때 고양이를 안은 소녀가 집안에서 나타났다. 소년은 울타리 아래로 재빨리 몸을 숨겼다. 갑작

스러운 소녀의 등장에 깜짝 놀랬기 때문이다.

그런데 소녀가 울타리 사이로 소년을 발견했는지 다가왔다. 소년은 심장이 쿵! 하고 뛰었다. 소녀에게 발각되었기 때문이다. 아니, 그것보다도 무슨 연유에서인지 가슴이 뛰었다.

"애, 왜 거기에 숨어서 지켜보니?"

소녀의 당돌한 질문에 소년은 미처 방어할 태세가 안 되어 얼굴이 빨개진 채로 아무 말도 대꾸하지 못했다.

"우리, 어제 이사 왔어."

얼굴이 빨개진 소년에게 소녀가 말을 건넸다.

어쩔 줄 몰라하던 소년은 비로소 울타리 너머 소녀를 바라보았다. 분홍 브라우스에 보랏빛 스커트를 입고 있었다. 소녀의 가슴에 아기처럼 안긴 고양이는 회색빛 털을 한 채로 소년을 응시하고 있었다.

"그랬구나, 반갑다."

소년은 소녀에게 반갑다고 말하고 멋쩍은 표정으로 도망치듯 집 안으로 들어가버렸다.

아침 밥상머리에서 아빠가,

“옆집에 어제 이사 왔더군. 그런데 형편이 안 좋은 것 같아.”

하시며 엄마와 이야기를 하는 걸 들으니, 소녀의 아빠는 소년의 아빠와 친구 사이이며, 소녀네가 무슨 안 좋은 사정이 있어 섬으로 이사왔다는 것이다.

‘무슨 안 좋은 사정이 있는 걸까?’

소년은 궁금해 했지만 알 수가 없었다.

소년이 아침 밥을 먹고 학교에 가기 위해 집을 나서는데 소녀가 저만치서 책가방을 메고 걸어가고 있었다. 소년은 멈칫 하면서 소녀의 그림자조차 밟지 않겠다는 듯 조심스레 소녀의 뒤를 따라갔다.

앞서가던 소녀가 갑자기 보리밭 가로 가더니, 휙~

뒤를 바라보며 소년에게,

"얘, 보리피리 만들 줄 알아?"

소년에게 말을 걸었다.

소년은 소녀의 돌발행동에 깜짝 놀랐다. 소년은 천천히 소녀에게로 다가가 보리밭에서 보리 이삭을 뽑아 보리피리를 불었다.

푸르른 봄날의 하늘처럼 소년이 부는 보리피리 소리가 청명하게 들렸다. 그러자 소녀는 신기하다는 듯 깔깔 웃으며 손뼉을 쳤다.

소녀는 소년이 내민 보리피리를 입에 물고 불었다. 보리피리 소리가 났다. 소녀는 자신이 부는 보리피리 소리에 더욱 신이 났다.

그러는 동안 아이들 대여섯 명이 나타났다. 소년보다 아랫학년들이었다. 모두 일곱 명의 아이들이 모여 학교로 향했다. 전교생 모두가 학교에 가는 셈이었다.

학교에 도착했다. 선생님이 소녀를 소개했다. 소녀는 서울에서 전학왔다. 그러므로 전교생이 여덟 명이 되었다.

음악시간이 되었다. 음악시간은 학년별 수업이 아니라 전학년이 함께 공부했다. 선생님은 풍금을 치고 아이들은 노래를 불렀다.

선생님은 풍금으로 '섬집아기'를 연주했다. 바닷가 마을에 사는 아이들의 정서를 잘 나타낸 이 노래는 아이들에게 흥미와 감동을 줬다.

선생님이 소녀에게 풍금을 칠 수 있느냐고 물었다. 그러자 소녀가 연주할 수 있다고 하여 '섬집아기'를 연주하도록 했다.

소녀는 자신있게 풍금 앞에 앉았다. 그리고 풍금을 연주했다. 소년은 풍금치는 소녀가 참 예쁘다고 생각하였다. 그리고 지난 밤 풍금소리의 주인공이 소녀라는 것을 알고 소녀의 모습에 넋을 놓고 바라보았다.

소녀는 풍금을 많이 쳐 본 사람처럼 거리낌 없이 건반 위에서 손가락을 물고기처럼 파닥거렸다. 몸은 풍금의 선율에 따라 움직였다.

소녀는 연주가 끝나자 당당하게 서서 인사를 했다. 아이들과 소년은 소녀가 부러운 듯 힘차게 박수를 쳤다.

그날 밤, 저녁밥을 마치고 잠자리에 들려고 할 때 옆집에서 풍금소리가 들려왔다. 학교에서 들었던 '섬집아기'가 연주되고 있었다. 소년은 풍금소리를 들으며 나지막하게 노래를 불렀다. 몇 차례 반복적으로 '섬집아기'가 연주되더니, 이윽고 다른 음악이 연주되었다. 조금은 슬픈 느낌이 드는 연주였다. 그런데 그 연주소리가 마음을 휘어잡았다. 소년은 알 수 없는 슬픔을 느끼며 마음 속에 소녀가 연주한 곡을 새겼다.

풍금소리를 내는 주인공이 소녀라는 것을 학교에서 알아버린 소년은 풍금소리만 듣고도 소녀의 얼굴이 떠올랐다.

무엇이 소년의 가슴을 방망이로 두드리는지 잠을 설친 소년은 토요일 해가 중천에 떠서야 일어났다. 잠에서 깬 소년은 울타리 너머 소녀네 마당을 바라보았다. 아무런 인기척이 없었다. 댓돌에 있던 신발들도 보이지 않았다. 회색털의 고양이 그림자도 얼씬거리지 않았다.

소년은 마을 앞 바닷가에 나갔다. 바닷가로 가는 길목에 소나무밭이 있는데 그곳에서 소녀 혼자서 놀고 있었다. 분홍 브라우스에 바닷빛 바지를 입고 있었다. 소년이 곁에 다가가도록 소녀는 무엇인가에 열심이었다. 백사장과 소나무 밭 사이 모래밭에 피어있는 분홍꽃을 따 손에 쥐고 있었다.

소녀는 소년을 발견하고는

"이게 무슨 꽃이야?"

소년에게 꽃이름을 물었다.

"메꽃이라고 해."

"그런데 나팔꽃처럼 예쁘긴 한데 무슨 꽃이 향기가 없어?"

"그러게 말이야."

소년에게 메꽃은 지천에 널린 흔한 꽃이어서 호기심이 없었다.

"그래도 예뻐."

소년은 메꽃을 한 움큼 따서 소녀에게 내밀었다. 그리고 자신의 머리에도 메꽃 하나를 꽂았다.

그러자 소녀가 깔깔거리며,

"내 머리에도 메꽃을 꽂아줄래?"

소년은 소녀의 머리에 메꽃 하나를 꽂아줬다. 순간 바람이 불고 소녀의 머리내음이 소년의 코에 불어왔다. 그러자 소년의 가슴이 두근두근 방망이질을 해댔다.

그러는 사이 바다에서 싸아~ 하는 소리와 함께 밀물이 갯벌을 적시며 올라오고 있었다.

소년은 소녀에게 마을 곳곳을 보여줘야겠다고 생각해 먼저 바닷가에 있는 성황당으로 갔다. 외따로 떨어져 있는 성황당은 오래된 집이여서인지 좀 으스스하게 느껴졌다. 성황당 문을 열자 무섭게 생긴 할머니 그림이 나타났다. 마고할미였다.

마을 사람들은 아주 까마득한 옛날부터 마고할미에게 소원을 빌었다. 그러면 마고할미가 소원을 들어준다고 믿었다.

소년은 능숙하게 방으로 들어갔다. 한두 번 이곳에 출입한 것이 아닌 것 같았다.

"좀, 으스스하다."

소녀가 무서운지 소년의 손을 잡았다.

"괜찮아. 마고할미는 우리를 지켜주는 분이야. 소원을 빌면 들어줄거야."

"무섭게 생겼는데 우릴 보호해준다고?"

소년은 마고할미 앞에 놓여있는 양초에 성냥을 그어 불을 붙였다. 그러자 방 안이 훤해졌다. 자세히 보니 마고할미 좌우에도 도깨비 같이 생긴 이상한 그림들이 붙어있다.

소년은 아주 작은 소원이라도 이곳에 와 마고할미께 빌곤 했다. 소녀는 방 안이 훤해지자 또렷하게 보이는 마고할미와 이상한 그림들 때문에 조금 당황해 소년의 손을 꼭 쥐었다. 그리고 소년과 함께 무릎을 꿇고 무엇인가를 빌었다.

성황당에서 소원을 빈 소년과 소녀는 마을 앞 백사장으로 갔다. 그곳에는 동아줄에 묶여있는 작은 배 몇 척이 있었다.

소년은 거리낌없이 발동선에 올라갔다. 소녀도 조심스럽게 소년을 따라 배에 올랐다.

소년은 갑판에 놓여있는 어구들을 가리키며 소녀에게 친절하게 이름이 무엇이며 어디에 쓰는 물건인지 가르쳐주었다.

"이 배를 타고 바다 멀리 나가 고기를 잡는단 말이지?"

소녀는 소년이 가르쳐 주는 것에 눈을 왕방울처럼 뜨고 호기심을 보였다.

"그럼, 우리 아빠가 이 배를 타고 물고기를 잡아오시거든."

"이 배 너희 것이야?"

"그래. 우리집 보물 1호지."

소년과 소녀는 한참동안 갑판 위에서 있다가 백사장으로 내려왔다.

소년은 마을 구석구석을 소녀에게 보여줄 생각으로 소녀를 데리고 마을 뒤 산 위에 올라가니 수십 마리의 흑염소가 무리를 지어 다녔다. 이들 염소는 주인이 있는 것이 아니라 야생화된 것들이다. 본래 염소들은 서너 마리 뿐이었는데 주인이 섬을 떠나면서 그냥 둔 것들이 몇 년 동안 많이 번식했다. 그런데 이 염소들이 산 아래에 있는 밭에 심은 작물들을 뜯어먹는 바람에 그 피해가 이만저만이 아니다. 그러므로 염소 떼는 이제 공공의 적이 되어버렸다.

소녀는 염소들을 바라보며,

"시커멓게 생긴 것이 꼭 산적들 같아."라고 중얼거리더니 염소들을 쫓아갔다. 그러자 무리 중 가장 큰 녀석이 뒤돌아서서 고개를 숙이더니 뿔을 앞세우고 달려들었다.

"에게, 저 녀석 봐라. 되게 무섭네." 하면서 소년의 뒤로 숨어버렸다. 그러자 염소 우두머리는 염소 무리 속으로 돌아갔다.

"조심해, 저 녀석들은 막무가내 깡패 같다. 건드리면 덤벼들 수도 있어."

소년의 말에 소녀는 "참 별 놈이네." 하면서 더 이상 염소를 건들지 않았다. 염소들은 흙먼지를 풀풀 날리며 경사가 심한 언덕 비탈을 타고 그 너머로 사라졌다.

소년이 사는 마을은 옛날부터 반농반어, 즉 농사를 지으면서 바다에 나가 고기를 잡거나 갯펄에서 낙지를 잡거나 조개를 주워 살아가고 있었다. 옛날에는 고기잡는 재미가 쏠쏠했지만, 갈수록 바다에 의지해 살아가기가 힘들어 하나둘씩 뭍으로 이사 가고 있는 실정이어서 마을에는 빈 집들이 많다.

갯벌을 치며 백사장 가까이로 올라오는 밀물을 따

라 통통배가 먼 바다에서 들어오고 괭이갈매기가 바다 위에서 끼룩끼룩 소리를 냈다.

마을 좌우 바닷가에는 바위가 무척이나 많다. 오른쪽 바위들을 앞개, 왼쪽 바위들을 뒷개라고 불렀다. 이곳들은 썰물이 되어도 바닷물이 다 빠지지 않아 미역이나 파래가 바위에 붙어 살고 있다.

마을 사람들은 일 년에 몇 번씩 공동작업을 하며 미역과 파래를 뜯어 집집마다 분배하곤 했다. 이제 곧 작업을 해야 할 때가 되어 바닷말들이 무성하게 자라고 있다.

소년은 소녀를 뒷개에 데리고 가 미역이 자라고 있는 모습을 보여주었다. 밀물 따라서 파도가 세게 바윗돌을 쳤다. 그러자 파도가 하늘로 치솟았다. 그럴 때마다 미역이 바위 위로 올랐다가 파도가 다시 물러서면 긴 머리카락처럼 싱싱한 미역이 물결을 따라 휩

쓸려갔다.

소녀는 물결이 덜한 곳으로 가 미역을 뜯을 욕심으로 넓적한 바위돌에 다가갔다. 자칫 잘못 하다가 바다에 빠질 위험한 순간이었다.

소년은 소녀가 하는 행동을 지켜보다가 저만치 기세등등하게 몰려오는 커다란 파도를 보았다. 그러자 소년은 소녀를 향해 달려갔다.

소녀는 물 속에서 흔들거리는 미역을 뜯기 위해 손으로 미역을 잡으려 했다. 파도가 소녀에게 덤벼들 때 소년이 소녀의 어깨를 잡아당겼다. 그 순간 파도가 바위를 때렸다. 바위에서 깨진 파도가 우르르 몰려와 소녀를 덥쳤다. 절체절명의 순간, 소녀는 소년의 힘에 이끌려 왔다. 순간이었다.

소녀는 짜디짠 바닷물을 엉겁결에 마셨다. 숨이 탁 막혔다. 그리고 온몸이 파도에 맞아 젖어버렸다. 소년도 소녀보다는 덜 했지만 물범벅이 되었다.

"에구, 짜!"

소녀는 기겁을 하면서도 바닷물이 짜다고 소리쳤다.

"큰일 날 뻔 했잖아!"

소년이 소녀에게 화가 난 듯 소리쳤다.

"여기에서 사람이 몇이나 죽은 줄 알아? 겁도 없이……."

화를 억누르며 소년은 소녀에게 말을 했다.

그제서야 소녀는 얼마나 위험한 순간이 방금 지나갔는지를 알아차렸다. 그래서 놀란 표정으로 그 자리에 앉아 울어버렸다.

소년은 난처해져서 젖은 소녀의 손을 잡았다. 소녀의 손은 차가웠다. 그러면서 소녀가 화를 입지 않아서 다행이라고 생각했다.

"앞으로 조심해!"

소년은 부드럽게 말을 했다. 그러자 소녀는 둘 다 젖은 모습이 물에 빠진 생쥐처럼 보였는지 갑자기 울음을 그치고는 웃었다. 소년도 소녀를 따라 웃었다.

"와, 네 모습이 물에 빠진 생쥐같다."

"너는 어쩌구. 머리까지 젖은 것이 꼭 물에 빠진 새 같다."

"빨리 집에 가야겠다. 비가 올 것 같아."

소년과 소녀는 바닷가에서 집이 있는 마을로 뛰었다.

소년과 소녀가 달려가는데 비가 쏟아졌다. 비에 흠뻑 젖었다. 그렇잖아도 파도에 온 몸을 젖은 터라 그 날 따라 으스스하게 날씨가 추웠는데 비에 젖으니 한기가 느껴졌다.

그날 저녁엔 웬일인지 풍금소리가 들리지 않았다.

밤새 바람이 불고 비가 내렸다. 빗소리, 바람소리가 어둠 속에서 들려왔다.

다음 날도 비는 그치지 않았다. 아직 장마철도 아닌데 지난 봄 가뭄으로 목마른 대지에 약수처럼 촉촉하게 적셨다.

소녀는 학교에 오지 않았다. 밤새 온 몸에 열이 있어 끙끙 앓았다.

소년은 소녀가 궁금했다. 차마 소녀네 집에 가지 못하고 울타리 너머 소녀가 나타나길 기다렸다.

소녀네 마당가에 회색고양이가 앉아 있다.

한참동안 꼼짝 않고 있다가 소년을 노려보더니 집 안으로 들어가 버렸다.

이튿날도 소녀는 나타나지 않았다. 소녀의 아빠는 소녀가 지독한 감기에 걸렸다고 했다. 소녀가 소년더러 감기 옮으면 큰일 난다며 울타리 너머라도 바라보지 말라고 했단다. 집안에서 소녀의 쿨럭거리는 기침소리가 들리는 듯했다.

사흘째 되는 날도 소녀는 학교에 오지 않았다. 소년은 소녀의 빈 자리를 바라보았다. 소녀가 깔깔거리며 나타날 것만 같았다.

소년은 학교가 끝나자마자 집으로 돌아왔다. 소녀가 마당에 앉아 햇볕을 쬐고 있었다. 목에 손수건을

두르고 있었다.

"얘, 많이 아팠어?"

소년이 소녀에게 묻자 소녀는 기운없는 표정으로 말했다.

"이젠 괜찮아. 그날 비를 맞아 몸이 으슬으슬 춥더니 감기에 걸렸나 봐."

소녀는 다 나았다는 듯 두 팔을 새가 날아가는 시늉을 했다.

“아직 아파 보이네. 바람 쐬지 말고 방에 들어가.”

소년의 말에 소녀는 애써 태연한 척 했다.

“오늘 푹 쉬고 감기가 나으면 우리 낚시질 하자.”

소년의 말에 소녀는 뛸 듯이 밝은 표정으로,

“그래, 나 낚시 한 번 해보고 싶었어. 우리 내일 당장 가자.”

다음 날, 바다에 바닷물이 가득찼다. 소년은 소녀와 함께 뒷개로 갔다.

고둥을 깨 낚시바늘에 끼우고 바다에 던졌다. 그곳은 다른 곳보다 파도가 점잖아 낚시질 하기에 안성맞춤이었다. 마침 바람도 잠잠했다. 소년의 낚시는 찌가 없었다. 그러나 물고기가 낚시를 물면 그 느낌이 낚시줄을 통해 손 끝에 전해져서 금세 알 수 있었다.

낚시를 물 속에 던져 놓고 있던 소년이,

"물었다. 어떤 놈이냐?"

소년이 재빨리 낚시줄을 잡아당기자 그 끝에 물고기가 매달려 있었다. 주먹만한 복어였다.

"에게, 복어잖아. 재수없게."

복어는 무엇을 많이 먹었는지 배가 둥글게 볼록했다. 그러나 복어는 실제 배가 부른 것이 아니라, 몸을 부풀게 하기 위해 공기를 잔뜩 들여 마신 것이다. 그래야 몸집을 더 크게 보여 적에게 과시하기 위해서이다.

소녀는 소년이 복어를 낚자 물고기의 생김새가 공처럼 둥글어 이상해 했다.

"참, 이상하게 생긴 놈이네. 물고기 이름이 뭐야?"

"복어라는 놈인데 재수없어. 바다에 버려야 해."

소년이 복어를 버려야 한다고 말하자 소녀는 그 이

유를 궁금해 했다.

"왜 재수가 없는데?"

"복어의 하얀 배는 마치 거친 시멘트바닥처럼 까칠까칠해. 그런데 복어는 맹독을 창자와 알에 가지고 있어. 이것을 먹으면 사람도 죽어. 우리 마을에서도 몇몇 집이 복어를 잘 못 먹고 몰살하기도 했어."

그래서 마을 사람들은 낚시에 복어가 걸려나오면 재수없다고 여겨 그냥 바다에 던져버리곤 했다. 소년이 설명을 해 주자 소녀는,

"바다에 보내기 전에 한 번 만져보자."

하면서 복어를 소년에게서 넘겨받아 만져보았다. 복어의 등은 검푸른 색깔에 매끄러운데 하얀 배는 까칠까칠했다. 그 느낌이 이상했다.

"지금은 죽은 척 하고 있지만 물속에 놓아주면 언제 그랬냐는 듯이 쪼르르 물속으로 사라져버려."

소년이 소녀에게서 복어를 받아 제방에 있는 바위에 던지자 둥그런 복어가 공처럼 몇 번 튀더니 물 위로 떨어지자 부풀렸던 몸 속의 공기를 내뱄고 홀쭉해진 몸으로 바닷속으로 사라져버렸다.

“참 우스운 물고기다. 아까 그 복어라는 놈 오늘 지옥에 갔다가 다시 용궁에 갔네?”

소녀가 물 속으로 사라진 복어가 운이 좋았다고 한마디 던졌다.

소녀는 소년에게 자신이 낚시질을 해 보겠다고 하였다. 소년은 소녀에게 낚싯줄을 건넸다. 소녀가 낚싯줄을 잡자마자 물고기가 낚싯줄을 물었다는 신호가 느껴졌는지

“왔다, 손에 힘이 느껴져.”

말하고는 낚싯줄을 잽싸게 잡아당겼다. 이번에도 복어가 낚시에 매달려왔다.

"아까 그 놈은 아니겠지? 오늘 우리에게 복있는 날이네."

소년과 소녀는 깔깔거리며 한동안 낚시에 몰두했다.

소녀는 여짓껏 바다구경을 해본 적이 없어 하루에 두 번씩 밀물과 썰물이 오르락내리락 하는 것이 신기했다.

배를 타고 먼 바다에 나가면 어떤 세계가 펼쳐질지 호기심이 많았다. 그래서 학교가 파하면 그 궁금증을 풀기 위해 소년과 함께 바닷가에 나갔다.

학교에서 돌아온 소년과 소녀는 마침 썰물에 갯벌을 드러낸 바다에 나갔다. 노란주전자를 든 마을 사람들이 벌써 갯벌에 나가 무엇인가를 하고 있었다.

소년은 마을 사람들이 갯벌에 나가 낙지를 잡기도 하고 바지락이나 조개를 줍는다고 했다. 또 어떤 사람들은 게를 잡기도 한다고 했다. 이렇듯 바다는 섬마을 사람들에게 밭이나 논 같아 삶의 터전이라고도 말했다.

갯벌은 금방 바닷물이 빠져나간 터라 아직 물기가 촉촉했다.

소년과 소녀가 갯벌에 나가자 게들이 우르르 구멍으로 피신했다.

"와, 참 빠르네. 우리 게 잡아 보자. 그런데 저렇게 도망가면 어떻게 잡지?"

마침 썰물인지도 모르는 듯한 집게발이 붉고 커다란 농게 한 마리가 물도랑에서 놀고 있었다. 소년은 농게가 눈치채지 못하게 살금살금 다가가 엄지와 집게로 농게의 몸통을 잡았다. 그래야만 농게가 물지 않기 때문이다. 소년은 농게를 소녀에게 보여주며,

"이 녀석 집게가 아주 무섭지 않아? 조심스럽게 쥐

어 볼래?”

소녀에게 농게를 손에 쥐게 하려하자 소녀는 기겁을 하며 한걸음 뒤로 물러섰다. 그러자 소년이 농게의 무서운 집게발을 인디언 전사처럼 용감하고 씩씩하게 떼어내며 소녀의 손에 쥐어줬다. 처음에는 농게를 무서워하던 소녀가 조심스레 농게를 쥐었다.

소년과 소녀는 섬마을 사람들이 ‘바닥물’이라고 부르는 곳까지 갔다. 그곳은 썰물이 더 이상 빠지지 않는 곳으로 짱뚱어들이 물가에서 몰려다니고 있었다. 마을사람들이 낚시로 훌치기를 하여 잡는 짱뚱어는 머리에 돋아난 커다란 두 눈이 밝은 터라 인기척이 있으면 재빨리 도망가곤 한다.

“와, 저게 뭐야? 눈이 왕방울처럼 커다란 게 우습게 생겼네.”

소녀가 짱뚱어를 궁금해 하자 소년은,

"저게 짱뚱어라는 물고기야. 몸에 지느러미가 마치 사람의 발처럼 달려있어서 갯벌에서 기어다니지. 그런데 어찌나 빠른지 잡기가 쉽지 않아."

말하고는 소녀에게 보라는 듯이 물가에 뛰어다니는 짱뚱어를 쫓아갔다. 그러자 메뚜기 떼처럼 많은 짱뚱어들이 순식간에 바닷물 속으로 뛰쳐 들어갔다. 소녀도 소년을 따라 물가를 뛰어갔다.

이렇듯 소녀는 점차 섬소녀가 되어갔다.

며칠 후, 아이들이 모두 학교에 간 한적한 섬마을에 발동선 한 척이 도착했다. 낯선 사람들이 배에서 내렸다. 낯선 두 사람은 소녀네 집으로 들어가 소녀 아빠를 체포했다. 두 사람은 육지에서 온 형사들이었다. 형사들은 소녀 아빠와 함께 발동선을 타고 섬을 빠져나갔다.

학교에서 돌아온 소년과 소녀는 소녀 아빠가 형사

들에게 체포되어 간 것에 매우 놀랐다. 소녀는 그저 울기만 했다. 소년의 아빠 말에 의하면 소녀네는 서울에서 작은 회사를 하고 있었는데 무슨 일이 잘 못되어 소녀네가 아빠의 고향인 이곳 섬으로 왔다는 것이다.

다음 날 소녀는 학교에 오지 않았다.

소년은 소녀에게 무슨 일이 일어났는지 궁금하고 마음이 불안했다.

학교가 끝나자마자 소년은 한달음에 돌아와 소녀네 집에 갔지만 집에 소녀가 없었다. 소년은 다급한 마음으로 마을을 뒤지며 찾아다녔다. 소녀는 마을 뒤 언덕에서 바다를 바라보고 있었다.

마을 뒤 언덕에 올라가면 주변 바다에 있는 섬들이 한눈에 보였다. 소녀는 언덕에서 아빠가 잡혀간 바다를 하루 종일 바라보고 있는 것이다.

소년은 소녀를 발견하자 무척 반가웠다.

"많이 걱정했잖아! 아빠는 괜찮으실거야. 너무 걱정하지 마."

소녀는 말없이 바다에 오가는 배들을 바라보았다.

"얘, 우리 성황당에 갈까? 마고할미께 아빠를 빨리 데려다 주라고 하자."

그 말에 소녀는 소년을 따라 뒷개 소나무 밭에 있는 성황당으로 향했다.

성황당은 돌담으로 둘러싸여 있었다. 옛날에는 성황당에서 제사를 지냈지만 이제는 아무도 관심이 없어 방치되었다. 소년이 아주 어렸을 때 마을 사람들이 고기잡이 하러 먼 바다에 가기 전에 성황당에서 고사를 지내며 배가 바람에 끄떡없이 무사하기를 빌었다. 더불어 고기도 많이 잡아주기를 소원했다.

소년과 소녀는 성황당 문을 열고 들어갔다. 성황당

주변에는 잡초가 우거져 있었다.

성황당 안에는 바다의 모든 것을 관장한다는 마고할미의 무서운 모습이 그려진 그림이 벽에 붙어있었다. 그 앞에는 옛날에 제사나 고사를 지내던 커다란 상이 놓여 있었는데 오랫동안 돌보지 않아서 먼지가 하얗게 쌓여있었다. 지난 번에 한 번 다녀갔던 터라 이번에는 마고할미가 무섭지 않고 왠지 친근하게 느껴졌다.

소년은 마고할미 앞에 무릎을 꿇고 앉았다. 소녀도 소년 곁에 무릎을 꿇었다.

"제발, 아저씨가 무사하게 돌아올 수 있도록 해 주세요."

소녀도 소년을 따라 소원을 빌었다.

"우리 아빠는 아무런 잘못을 하지 않았어요. 빨리 돌아오게 해 주세요."

소년과 소녀는 한참동안 마고할미께 기도를 하였다.

소년과 소녀가 바닷가 언덕에 돌아와 앉았을 때는 해가 바다에 지기 전 하늘과 바다가 붉은 노을에 물들여갈 때였다.

소녀는 소년에게

"마고할미가 소원을 들어주실까?"

그러자 소년은,

"틀림없이 아빠를 되돌려 주실거야. 우리 마을 사람들은 오랜 옛날부터 마고할미가 소원을 들어주신다고 믿었어. 그러니 기다려봐."

그러면서 소년은 마고할미가 어떤 존재인지도 들려주었다.

"마고할미는 제주도를 만든 선문대할망처럼 엄청 큰 거인이어서 육지에 누우면 발은 전라도에 있고 머리는 경상도에 놓일 정도래. 몇날며칠 육지에서 흙을 파 바다에 던졌는데 바다에 떨어진 흙들이 섬이 됐다고 했어."

소년이 마고할미에 대해서 열심히 말할 때 소녀는 소년의 어깨에 기대어 졸고 있었다.

소년은 소녀가 가엾게 느껴졌다. 아빠 회사가 부도나고 어린 나이에 아빠를 따라 낯선 섬까지 왔는데, 이제는 아빠마저 형사들에게 잡혀갔으니 소녀가 안됐다는 생각이 들었다.

소년은 날이 어둑어둑해지도록 소녀를 깨우지 않았다. 고단했을 소녀가 잠시 쉴 수 있도록 그대로 내버려 두었다. 이때 하늘에서는 별들이 유별나게 반짝이고 있었다.

그리고 그날 밤 소녀네 집에서는 풍금소리가 밤이 이슥하도록 들렸다. '섬집아기'가 연주되고 이어서 연주되는 '옛날의 금잔디 동산에 메기, 내 사랑하는 매기야……'라고 부르는 '메기의 추억'을 가슴 조이며 듣는 소년의 가슴이 미어졌다.

다음 날 소녀는 씩씩하게 학교에 갔다. 어려울 때일수록 용기를 내어 살아가는 것을 아빠가 바랄 것이라는 생각을 했기 때문이다.

소녀의 아빠가 형사들에게 잡혀간 후, 소녀는 소년과 더불어 날마다 성황당에 가서 소원을 빌었다. '아빠를 제발 돌려주세요' '우리 아빠는 사기범이 아니에요, 어떤 몹쓸 사람이 아빠를 곤경에 빠트린거에요' 소녀의 간절한 기도가 한 달이 지났다.

그러는 동안 마을에는 별별 소문이 돌았다. 소녀의 아빠가 서울에서 큰 사고를 치고 고향에 돌아왔다는 둥, 사기꾼이라는 둥, 심지어는 사람을 죽이고 숨기 위해 왔다는 둥, 어디서 들었는지 소녀의 아빠에 대한 이러쿵 저러쿵 말이 많았다.

일주일이 지날 때쯤, 소년의 아빠에게 소녀의 아버지 소식이 전해졌다. 소녀의 아빠는 목포경찰서에 있다고 했다. 그 동안 아빠가 어디에 있는지 알지 못했던 소녀는 답답한 마음이 조금 가셨으나 자신이 어떻게 해야하는지 잘 몰라 황망해 하였다. 그럴 때 소년이 소녀에게 말했다.

"얘, 우리 목포에 가면 아빠를 만날 수 있을거야. 당장 내일 가보자."

소년의 말에 소녀는 어떻게 해야 아빠를 만날 수 있는지 걱정이 되었다.

"어떻게 목포에 갈 수 있지? 그리고 경찰서가 어디에 있는지도 잘 모르고……."

유복하게 살아온 소녀는 세상물정을 잘 몰라 소년을 애원하듯이 간절하게 바라보았다.

"걱정 마. 이래뵈도 내가 목포 이모집에 혼자서 여러 번 다녀온 적이 있어서 목포에 잘 갈 수 있어. 그리고 경찰서도 사람들에게 물어보면 되지."

"다행이다. 그럼 언제 아빠께 가지? 돈도 없는데."

"걱정 말라니까. 내가 다 알아서 해. 마침 내일은 토요일이어서 아침 첫배를 타고 가자."

다음 날, 아침 일찍 배를 타고 상태도와 청산도를 거쳐 목포항에 입항하는 여객선을 타고 소년과 소녀는 목포항을 향해 갔다.

소녀는 서울에서 아빠와 함께 기차를 타고 목포역에 내려 다시 목포항 부둣가에서 배를 타고 올 때 멀미하느라고 보지 못했던 섬들과 바다를 바라보았다. 목포행 여객선은 푸른 바다를 거침없이 가로질러 달렸다. 바람이 소녀의 긴 머리카락을 날려 코를 근질거리게 하였다. 배는 세 시간을 달려 목포항에 들어가며 뱃고동소리를 내질렀다.

소년과 소녀는 여객선에서 내려 사람들에게 길을 물어 소녀의 아빠가 갇혀있는 경찰서에 도착하였다. 면회를 신청하여 소녀의 아빠를 만날 수 있었다.

소녀의 아빠는 딸을 보자 깜짝 놀랐다. 딸이 면회 올 줄은 생각도 못했기 때문이다.

"이녀석아, 어떻게 왔어? 밥은 제대로 먹고 있니?"

그 동안 소녀의 아빠는 마음이 편치 않았는지 얼굴이 수척했다.

"제 걱정은 말아요. 마을 사람들이 잘 돌봐주고 있어요. 아빠 걱정이나 하셔요."

아빠와 딸이 만나 서로를 걱정해 주는 모습이 애틋했다. 아빠는 딸이 세상의 전부이고, 딸은 오직 아빠가 세상의 전부일터인데, 어느 날 갑자기 아빠가 잡혀가 버렸으니 서로가 걱정이 많았을 것이다.

소녀의 아빠는 경찰서에 와서 자신의 결백함을 설득력있게 형사들에게 설명했다고 한다. 형사들도 소녀의 아빠가 혐의가 있어보였지만, 수사를 하면서 누군가를 의심하여 추적 중이니, 그 사람이 잡히면 어떤 사정인지 누가 범인인지가 밝혀질 것이라고 했단다.

소녀는 자신의 아빠는 절대 죄를 지을 사람이 아니라고 했다. 오히려 회사가 부도처리 되었으니 피해자라고 말했다.

소년과 소녀는 오후 늦게 섬으로 가는 여객석은 타고 집으로 돌아왔다.

그러던 어느 날, 거짓말처럼 소녀의 아빠가 돌아왔다. 처음에는 소녀의 아빠가 누명을 써서 잡혀갔지만 진짜 범인이 잡혀 소녀의 아빠가 풀렸다는 것이다.

소녀의 아빠는 그동안 수척해진 얼굴에 수염이 많

이 자랐다. 억울하게 잡혀가 있는 동안 소녀가 걱정되어 잠을 제대로 자지 못했단다.

소년도 소녀의 아빠가 돌아오자 자신의 아빠가 돌아온 듯 무척 기뻤다.

소녀는 많이 야위어 헬쓱해진 아빠라 보자마자 왈칵 눈물을 쏟으며 아빠의 가슴에 안겼다.

"나는 틀림없이 아빠가 무사히 돌아오실 줄 알았어요. 우리 아빠는 본래부터 착한 사람이라는 걸 잘 알고 있었어요."

"그래, 아빠가 없는 동안 고생이 많았지? 이제는 너를 두고 어디에도 가지 않으마."

아빠의 말에 소녀는 기쁨의 눈물을 훔치며 소년을 바라보았다.

"네가 우리 딸을 잘 보살펴 주었다며…… 고맙다."

소녀의 아빠가 소년에게 딸을 잘 돌봐주어 고맙다

고 하자 소녀은 겸연쩍어 하며 얼굴이 붉어졌다.

작지만 착실하게 회사를 운영해왔다. 그런데 어떤 몹쓸 사람이 사기를 쳐 회사가 부도가 나 소녀의 아빠는 고향에 내려와 마음을 다잡고 있는데, 고의로 부도를 냈다고 누군가 고발하여 억울하게 잡혀갔었다.

참으로 미치고 환장할 노릇이었다. 다행히 범인이 잡히고 누명이 벗겨져 소녀의 아빠는 다시 돌아올 수 있었다.

"우리 아이는 태어난 지 얼마 안 되어

엄마를 잃고 불쌍하게 자랐단다. 그러니 앞으로도 좋은 친구가 되어주렴."

소녀의 아빠가 소년에게 소녀를 당부했다.

"아빠, 우리 여기에서 살아요. 아빠 고향이잖아요. 아빠 고향이 내 고향이나 마찬가지잖아요? 마을 사람들도 모두 내게 잘 해줘요."

소녀가 이곳 섬에서 살자고 하자 소녀의 아빠는 잠시 생각했다. 그리고는,

"그래, 우리 고향 사람들은 모두 착하지. 여기에서 살자."라고 말했다.

소녀는 아빠의 말에 박수를 쳤다.

소년은 마음속으로 매우 기뻤으나 겉으로는 내색하지 않았다.

그날 밤도 소녀가 연주하는 풍금소리가 들려왔다.

소년은 울타리 너머 자신의 집에서 "옛날의 금잔디 동산에 매기, 내 사랑하는 매기야……." 소녀의 풍금소리를 들으며 따라서 흥얼거렸다.